Swan Lake

Ballet Stories, produced by
Tetsuya Kumakawa

303 BOOKS

　バレエは、ダンサーのテクニックと感情がうまく溶け合ってはじめて、見る人の心を打つ美しい表現となります。

　感情を表現するためには、演じるキャラクターの心の動きや作品に描かれた世界について、想像力を働かせることが大切です。そして、音符の一つひとつが、まるで台詞であるかのように、登場人物たちの心情を思い描きながら、作品を表現していくのです。

　この本では、Kバレエカンパニーがこれまでつくりあげてきた『白鳥の湖』の世界を、絵と文章で表現しています。

　はたして、ジークフリードやオデットたちは、どのような感情をもって、物語の世界を生きているのか？　彼らの間ではどんな言葉が交わされているのか？　本書を通して作品の世界をのぞいてみてほしいと思います。

　子どもからおとなまで、頭のなかで文章がおどり、絵が動く。そんな、想像力をかきたてられるような読書体験となることを願っています。

K-BALLET COMPANY 芸術監督

熊川哲也

悪魔の翼に
閉ざされて、
オデット姫は姿を変える

　その白い花々は、やわらかな陽を受けて美しく咲いていた。城からほど近い野原のなかで、朝の澄んだ空気に背を伸ばし、いきいきと揺れていた。

　西方にあるこの小さな王国では、どこへ行っても可憐な白い花が咲いている。そのため人々はここを"花栄えの国"と呼び、祝い歌では平和の地としてたたえていた。

「幸いあれ、幸いあれ、崖上に白い花が咲くように……」

　今、その歌を口ずさみ、胸に抱いたかごに、花々をやさしく摘む乙女がいる。

　名はオデット、花と同じく輝くように美しい、この国の姫である。オデットは王である父にみずから束ね贈ろうと、花摘みに夢中だった。

「この花束を見たら、きっとお父さまも喜んでくださるわ」

このところ、王の様子がいつもと違った。

オデットが大好きな、あの太陽のような笑顔をながらく見ていない。毎日、大臣たちが入れかわりやって来ては、けわしい顔で王に耳打ちして去っていく。そのたびに王の瞳は光を失い、暗く沈んだ色に染まる。夜がふけるまで部屋にこもり、独り言をつぶやいては、ため息ばかりついている。

おかしいのは王や大臣ばかりではなかった。

城には不吉な空気が漂っている。ちょうど、仲良しの侍女たちが、ひとりふたりといなくなったころからだ。オデットの母である王妃もふさぎ込み、城で働く者の口数もへった。

「みんなはどこへ行ったの？」

オデットがそうたずねても、

「さあ……きっと、里に帰ったのでしょう」

とはぐらかして、黙りこむ。

もしも里へ帰ったなら、手紙をよこしてくれるはずだ。それなのに、誰からも音さたがない。誰も、本当の理由を教えてくれない。いつもはうるさいばあやも、おしゃべり好きな馬飼いも、オデットが何を聞いても首を横にふるだけで、何も教えてくれなかった。

近ごろでは夜になると、街から悲鳴が聞こえたりする。煙があがるのも見える。森のカラスが騒いで、遠くの空へ逃げるように飛んでいったりもする。何もかもが不気味だった。

それでもみな口をつぐんで、この国に何が起きているのか、オデットに教えようとはしないのだ。

だから今朝、彼女はたまらなくなってここへ来た。

いつも近くにいた侍女たちと違って、衛兵はオデットが城を抜け出す天才だということをまだ知らない。だから見回りの隙をついて、こっそりとやって来たのだ。

そうしてしばらく歩いて、見渡すかぎり白い花が咲くこの野原へ出たら気持ちが晴れて、それでオデットは父に花束を贈ろうと思いついたのだった。

1本、2本、そっとやさしく花を摘む。

香りを嗅いで、抱きしめる。

ところが花かごがいっぱいになるころ、ふいに野原が暗くなった。遠くから、雷のうなり声が響いてくる。

風が妖しく吹いて、黒い雲が太陽をさえぎり渦巻いた。

何か、恐ろしいものが近づいてくる。

オデットは体をこわばらせた。何かが、すぐそこにいる。

きっと、みなが口をつぐむ理由で、父が笑わなくなった理由。その何かが、すぐそばにいる。

急いで城へもどらないと……。

しかしオデットがそう思っても、足がふるえて動かない。

ふ、ふ。ははは……。

ふと、誰かが笑った声がした。

氷のように冷たい空気が、オデットの背中をなでる。

気のせいだろうか。いや、気のせいではない。

何か恐ろしい者……"それ"が、そこで、笑っている。

けれどもオデットは、振りむくことさえできなかった。

「……だれ、だれなの……」

　ようやく声をふりしぼり、彼女は"それ"にたずねた。

　すると声の主は、うれしそうに答えた。

「さあな、私のまことの名を知る者はとうにいない。だが美しい姫よ、人間どもは私をこう呼ぶ。悪魔（あくま）と……あるいは、おぼろの梟（ふくろう）と」

　オデットの背後から、黒く不気味な手が伸びる。

　いやそれは、悪魔の翼（つばさ）だった。逃（のが）れようとしても、もう遅（おそ）い。悪魔は彼女を翼で包み、その世界を闇（やみ）で閉ざした。

　お父さま、お母さま。助けて！

　オデットは必死になってもがき続けた。

　助けを呼ぼうとしても、喉（のど）が急に細くほそくなり、息が苦しい。目をつむり、目を開けても、まだ暗闇（くらやみ）のなか。

　逃げようとしても、なぜか指がもつれて、思うように動かない。足が小枝のように固まって、歩けない。

　やがて悪魔の翼が開いた。

　とたん、辺りに羽根が舞（ま）う。

　悪魔のものではない、清らかな白い羽根だった。

　そこには、一羽の白鳥がいた。

　白鳥と化したオデットが、両の翼をはばたかせ、悪魔から逃れようと、いつまでもずっと、もがいていた。

　永遠と思えるほどの時がすぎゆくなか、いつまでも……。

祝いの日を迎えるジークフリード王子

オデットが悪魔の翼に閉ざされて、その身を人ならざるものに変えられてから、長い時がすぎた。西を彩る花栄えの国はとうに滅び、今では祝い歌にその影を残すばかり。

歌は方々に広まり、今日は遠く東の国で響いている。

「幸いあれ、幸いあれ、崖上に白い花が咲くように……」

この"弓張りの国"では今朝から、どこへ行ってもその祝い歌が聞こえた。山で里で、娘たちが声を合わせている。

しかし娘たちは知らない。歌のなかの白い花咲くその土地が、いにしえの時代に遠く西方にあったことも、恐ろしいことが起きて、滅びてしまったことも。娘たちはただ、成人の誕生日を迎えた王子をたたえ、歌っているだけだった。

弓張りの国の王子、ジークフリードに贈る祝い歌を。

この国がなぜ弓張りの名で呼ばれるかといえば、国そのものが、石弓を引いたような形を描いているからだった。

　代々の王が弓の名手であることも、いわれのひとつ。

　ジークフリードの亡き父王も石弓がうまかった。息子のジークフリードは、父以上の名手で知られている。この勇ましい王子が成人の日を迎え、遠くない日に国王となることを、人々は心から喜んでいた。

　だからこそ、各地で祝い歌が響くのだ。

　しかし、とうのジークフリードといえば、今日という日をゆううつな気分で迎えた。

　彼の母は王妃として、王亡きあとの政務を担っている。だがジークフリードが成人すれば、彼が新たな王となり、統治の責任を果たさなければならない。そのために近く、ジークフリードは妃を迎えなければいけなかった。

　彼にとって即位は、遠い未来の話のはずだった。しかし今や玉座も結婚も間近に迫り、自由な若者でいられる時もあとわずか。

　それを思うとどうしても、今日を喜ぶ気にはなれなかった。

　ジークフリードはまだ、本当の恋を知らない。

　川の水面や春の夕暮れ、名馬の毛並みやおさな子の頬……美しいものに心動かされても、恋人たちのかわす愛がどのようなものか、まだ知らなかった。

　ただでさえ、両親の愛に疑問をいだいている。

　先々代の王に男子はなく、ジークフリードの父は他国の王家から養子に入り即位した。そのためかいつも居心地悪そう

にして、妻に関心を寄せなかった。愛を育もうとはせず、ジークフリードが生まれると、役目を果たしたといわんばかりに城を離れ、これまでの憂さをはらすように危険な冒険に出かけ、命を落とした。その残酷な仕打ちを、母はやさしく、けれど呪いのように我が子に聞かせて育てた。

　ジークフリードはだから、父母の絆を知らずに今日を迎えた。妃をめとっても、ふたりのように冷えた関わりしか持てないかもしれない。そんな恐れが彼のなかには確かにあった。

「とはいえ、いつまでもこうしているわけにはいかないな」

　夕暮れの王国が朱色に染まりゆく。城にいたジークフリードは、窓の外の美しい景色に背を向けて侍従を呼んだ。

「宴に向かう。支度を頼む」

　今日の宴は、明日行われる盛大な祝賀舞踏会とは違ってごく小さなものだ。近しい貴族やその友人、兄弟姉妹がやって来る。親友の貴公子ベンノと家庭教師のヴォルフガングが気をきかせ、日ごろ狩りで世話になっている村の若者や娘たちも招待してくれたという。

　きっと楽しい時間を過ごせるに違いない。

　ジークフリードはそう気をとりなおして城を出た。

　宴が行われる庭園は、城から少し離れた場所にあった。近づくにつれ、木々のあいだから暖かな灯りが見えてくる。

　焼き菓子の甘い香り、古酒の豊かな匂い。噴水の煌めき。漂う音楽は、はじめて聴くものだった。

　きっとベンノが、今日のために音楽家に作らせたのだろう。

軽やかな調べに、幸せが満ちあふれている。

　心がわき立って、ジークフリードは駆け出した。

　庭の門をくぐりぬけ、みなに言う。

　「さあ、宴をはじめよう！」

　ようやくあらわれた主役を、みなは顔を輝かせ出迎えた。

　「王子、ああ、なんとめでたい日でしょうか。さあさあ、どうぞこちらへ」

　家庭教師のヴォルフガングが挨拶をすると、一番の友、ベンノが後に続いた。

　「王子、心からお祝いを。今日は存分に楽しみましょう」

　ベンノの合図でみなが列をなし、祝いの言葉をのべていく。ひととおり終わると、ジークフリードは言った。

　「うれしい言葉をありがとう。さあ、踊ろう。楽しもう！」

　白に黒、こがね色に薄べに色、おもいおもいに着飾った招待客は、まるで庭に咲く花々のよう。その花たちを、音楽が陽気に揺らしはじめる。貴族の子弟や令嬢も、里村の娘や若者たちも、一緒になって踊っている。ジークフリードは杯をかたむけてはみなと踊り、宴の時間を楽しんだ。

　だがそうしているあいだにも、しばしば彼の心には未来への恐れが忍び寄った。宴が楽しければ楽しいほど、自由をおしむ気持ちがふくらむ。宴には恋人どうしもいた。彼らが身を寄せあう姿を見ると、愛への憧れと疑いが同時にわく。

　ジークフリードは先刻、村娘たちから小鳥を贈られた。

　小鳥は愛らしく、彼は贈り物を喜んだが、かごのなかに囚

われたそのようすは、まるで今の自分のようだった。

「もっとだ。もっと飲もう、飲んで踊ろう！」

悩みをふり払うように杯をかかげる。

そんなジークフリードを、家庭教師のヴォルフガングが軽くとがめた。「王子、飲みすぎはいけませんよ」

彼はジークフリードの幼いころからそばにいる、いわば父や兄代わり。王子を案じ、立派な国王になれるよう尽くしてくれるが、小うるさくもある。

ジークフリードは家庭教師の小言を軽く聞き流したが、ベンノが来て王妃の到来を告げると、いよいよ酒杯を取り上げられた。踊りで乱れた衣服を直し、王妃を待つ。

「おお、我が子よ。お誕生日おめでとう。母はこの日を待ちわびていましたよ」

美しくおごそかにあらわれた王妃は、我が子に祝いの言葉をおくり、みなからの挨拶を受けた。続いてジークフリードから花を渡され喜ぶと、王妃は侍従に命じ、飾り布でおおわれた、あるものを用意させた。

「母からは、これをあなたに」

飾り布が取り払われて、王家の石弓が見える。

代々の統治者が、世継ぎに贈るものだった。

「いつかはいただけると思っていましたが、まさか今日だとは！」

石弓を手にジークフリードは飛び上がらんばかりに喜んだ。

我が子の姿に目を細め、母は言う。

「あなたもすぐに王となる身。この石弓を渡すにふさわしい時が来たのです。けれどもそれはつまり……」声を厳しくして、続ける。「妃をめとる日が来たということです。いいですか、ジークフリード。明日の祝賀舞踏会で、妃を選びなさい。王となる自覚をもつのです。あなたの父は、いるかもわからない悪魔を倒しに行くなどと言って、無謀な冒険で命を落としましたが、あなたはけして……」

あとの言葉を、ジークフリードはよく覚えていない。

いずれそうなるとは思っていたが、はやくも妃を選ぶことになろうとは。どこへ行こうと、もはや逃れるすべはない。

告げるべきを告げた王妃は、しばらくのち、満足そうな顔で城へと戻っていった。

庭園の宴はまだ続く。曲が鳴り、みながまた踊りだす。

ジークフリードは椅子に腰かけ、楽しげにその様子をながめた。しかし心のうちでは母の言葉がぐるぐると回っている。

ふと気になり、かたわらのヴォルフガングに聞いた。「そういえばお前は昔、父上に頼まれてあの伝説の悪魔のことを調べたそうだな」

「ええ、はい。時忘れの谷の、"おぼろの梟"と呼ばれる悪魔です。そいつは昔、神だったという説もありましてね」
ふたりの話は音楽にまぎれ、酒と踊りのあいま、途切れとぎれに続いた。

朱色の空は今や紫。かたむいた陽がまもなく隠れる。その間ぎわまで、みなは手を取り、足を鳴らし、宴を楽しんだ。

宴のあと、
ジークフリードは
夜空の白鳥を追う

——

　やがて陽が沈むころ、踊りの輪がやわらかにほどけ、村人たちはランタンをかかげ帰路についた。月は薄雲に隠れ、星は少ない。宴のあとの静けさがジークフリードに冷たく迫る。

　「これが別れなのか。夢も自由も、消えてしまうのか」

　青春は宴とともに終わりを迎えた。明日には妃を選び、本当の愛を知らぬまま、やがてこの国の王となるのだ。

　ベンノたちは宴の興奮さめやらず、夜狩りに向かった。ジークフリードも誘われたが、行く気になれず庭園に残った。ヴォルフガングから妃選びがいかに重要か忠告されたあとでは、よけい楽しめる気がしない。宴のあいまに聞いた悪魔の話も、今になってジークフリードの心を暗くした。

　父が探していたという伝説の悪魔、おぼろの梟。

　ときに人、ときに梟と自在に身を変え、姿がおぼろげなことから、その名で呼ばれた異形の悪魔。この弓張りの国の背後をかこむ荒れ地、"時忘れの谷"にすまい、人間の破滅を何よりも好んで、多くの国を滅ぼしたという。谷の名もまた、この悪魔に由来する。おぼろの梟に連れ去られた者が、時を

経て忘れ去られるから、"時忘れの谷"なのだ。

ヴォルフガングの調べによると、おぼろの梟はその昔、谷の西側にあった"花栄えの国"にあらわれたらしい。古くから伝わる祝い歌が、「崖の上に白い花が咲く」と描くのは、この国だという話だった。

花栄えの国の王は、おぼろの梟に"悪魔払いの儀式"を行おうとしたが、結局は強大な闇の力の前に滅びてしまった。ヴォルフガングはまた、いにしえの文献に、おぼろの梟は異端の神だったという記述を見たとも言っていた……。

これまでジークフリードは、母のために父を知ろうとするのを避け、悪魔について誰かに話を聞こうとはしなかった。ヴォルフガングも酒を飲んでいなければ口を閉ざしただろう。だが聞くほどに謎が深まるその話は思いのほか興味をひいた。

だからこそ、苦しい。父もこうして冒険に憧れたのか、たとえ命を落とそうとも……と玉座が迫る今になって、はじめて父をわかってしまった。あの母を思えば、それは重罪にひとしい。彼女の愛は、夫が冒険に出て終わりを迎えたのだ。

王の責務と、自由。愛への疑い、消えぬ憧れ。

けしてとけぬ問いが、ジークフリードに重くのしかかる。

だがそのとき、ふと光を感じて彼は頭をあげた。

白鳥が群れをなし、夜空を飛んでいく。群れから離れて一番うしろを、ひときわ美しい一羽がはばたいている。

思わず石弓をかまえたが、すぐにおろした。白鳥の翼は、あまりに清らかだった。苦しみを、一瞬で忘れるほどに。

ジークフリードはいつのまにか後を追い、駆け出していた。

闇にひそむ、
おぼろの梟

　白鳥が飛んでいく。

　先を行く群れから離れて引き返し、たった一羽、湖に残った仲間のもとへ戻ろうと、力を尽くし羽ばたいている。

　夜空をおおう雲はちぎれて、月明かりが銀糸のように闇をつらぬく。その月光を、白鳥は避けるように飛んでいる。

　数刻前にジークフリードが見たあの一羽を、闇にひそむ悪魔も今、頭上に見ていた。

　「オデットか」

　人々に"おぼろの梟"と呼ばれたこの悪魔は、暗く広大な荒れ地、時忘れの谷にいる。その黒い瞳を渡る白鳥は、かつて呪いをかけて姿を変えた、花栄えの国の姫だった。

　「ああ、オデット。哀れなオデット。俺のオデット」

　見つめながら、楽しげにくりかえす。

悪魔はいつもオデットについて、満たされた酒杯を揺らすように、考えをめぐらせた。のぼり立つ香りは彼女の悲しみ、限りなく美しい破滅そのもの。それを心ゆくまで味わうのだ。

「この谷から逃れられると思ったか、オデット」

　先に飛んでいった群れもまた、悪魔が白鳥に変えた者たちだった。オデットはその冬の渡りをする群れにまぎれて、谷から逃げようとしたのだろう。

　しかし彼女は失敗した。湖に戻って来るしかなかったのだ。

「薄雲の月夜に飛べばどうなるかわかるだろうに、おろかものめ」

　オデットは月光にふれると人の姿に戻ってしまう。飛んでいるさなかに月が出て、白鳥の翼を失えば、地上に落ちて死んでしまう。だからあわてて、引き返してきたのだ。そうまでしても谷から逃げたかったのかと思うと、あまりに愉快だった。

　かつて、この悪魔はとある理由から、西にあった小さな国の娘を数十人、呪いで白鳥に変えた。多くが貴族の者で、王室の侍女をつとめる身分の高い娘たちだった。そして最後のひとりは、もっとも高貴なひとり。

　王の娘の、オデット姫。

　人を人ならざる姿に変えることを、この悪魔はよく好んだ。

　なぜなら人という哀れな命の、本当の姿があらわになるからだ。人は愛を語るが、相手の姿が変われば、いともたやすくそれをひるがえす。かけがえのない友どうし、恋人、夫婦、親子どうしで醜く争い、偽りあう。そうして生まれた小さ

ないさかいは、やがて大きないくさとなる。

　そのようにしてこの悪魔はいにしえの時代から人々を操り、あまたの国を滅ぼした。奴隷から王まで多くを呪い、蛙や鼠、犬や猿、醜い姿に変えてきた。

　だが花栄えの国を襲ったあのときだけ、彼は娘たちを愛らしい白鳥にすることにしたのだった。

　清らかな娘たちの美しい悲劇を、とわに楽しむために。

　苦しむオデットを、ひとりで愛でるために。

　悪魔はこの荒れ地の舞台を、長い時のなかでいく度となく楽しんだ。そのあいだ、国を襲うことも忘れてながめ続けた。

　白鳥に変えた娘たちの多くは、かつての記憶をしだいになくし、やがて完全な白鳥となる。先刻、冬の渡りで去った群れは、そうした者たちだ。野生の白鳥と子をなした娘もいる。

　この地のなかほどにある、冷たい湖に残った白鳥の群れも、記憶があいまいになりはじめていた。まだ人の言葉を話す者もいたが、時がすぎゆくなか、少しずつ野生に近づいている。

　だがオデットはちがった。彼女だけはひとり、過去のすべてを覚えている。悪魔が特別な呪いをほどこしたからだ。

　彼は何よりも破滅を好む。とりわけ、美しい破滅を。

　さみしい湖で少しずつ人の記憶をなくしていく白鳥の群れは、なんともいたわしく、それが美しい。群れのなかでたったひとり、人の記憶を持ち続ける者がいるようすは、なおさら哀れで、極上だった。

　さらに悪魔はオデットを、月明かりにふれると人の姿に戻るようにした。そのうえ彼女に、呪いを解く方法をあえて教

えた。

　湖を飲みほすより途方もない方法だ。起きるはずのない奇跡をつくり、悪魔はオデットの絶望をより深めたのだ。

　そうして彼はオデットに、「お前は化け物だ、呪いのさだめに終わりはない」と言って泣かせ、いつも楽しむのだった。

　「……む、なにごとだ」

　ふいに、風が騒いだ。

　谷を吹く風は彼につかえ、異変があればすぐにしらせる。見れば向こうに人影があった。若者が数人、夜狩りに来たようで騒がしい。

　「おろかな」

　悪魔はそう言って風に命じ、彼らに妖しい冷気を吹きつけた。不気味な音が響いて、谷を抜ける。すると邪悪な気配を感じたのか、若者たちは身ぶるいし、たちまちその場を離れていった。

　これまでも谷へ来る者はいた。

　そのたびに悪魔は、侵入者がオデットに近づかぬよう、湖にいたる前に命を奪った。

　心すむまでおどし、いたぶって殺した。

　「人間どもよ、今度も俺に殺されにきたのだろう？　いいだろう、望みどおりにしてやるさ、俺はそのために存在する。はるか昔お前たちに、本当の名を忘れられたあの時からな」

　悪魔はつぶやき、風とともに狩人たちの後を追った。

　ほかに若者がひとりいて、湖へ向かっているとも思わずに。

時忘れの谷を
さまよう
ジークフリード

――

「白鳥よ、どこにいる！」

言葉を知らぬ白鳥に呼びかけても意味はない。おどろいて、逃げてしまうだろう。そうとわかりながら、ジークフリードは叫ばずにいられなかった。

ここであの白鳥を見失えば、永遠に何かが閉ざされる、そんな予感がしてならないのだ。

彼はあの白鳥に、己が求める答えを見た気がした。

母がなくした愛と、父が選んだ死。

それらはジークフリードのなかで螺旋を描くもまじわらず、彼を永く悩ませてきた。

愛と死をめぐる、けしてとけぬ問い。

その問いをいだいたまま王の責務を果たすと思うと、今ある自由が手放しがたく、まだ妃を選ぶ気にはなれなかった。

だがあのとき見た白鳥の、懸命に空を突き進む姿は、どこまでも気高く、自分があるべき姿のように思えた。

月は薄雲に隠れ、星もわずかに見えるばかりの暗い夜、なぜかあの白鳥はきらきらと輝いて見えたのだ。

とけぬ問いをいだいたままでも、勇ましく飛べ。

　ジークフリードはあの白鳥のはばたきに、そんな言葉を突きつけられたようで、気づいたときには駆け出していた。

　しかし夜の薄雲が晴れ、月の光がもれたとたん、その一羽の白鳥は先を飛ぶ群れから離れ、もと来た方へとひるがえり、消えてしまった。

　そうして彼は白鳥の後を追って、ここまでやって来たのだった。悪魔のすみか、時忘れの谷……いるかいないかわからぬ悪魔を倒すため、冒険に出た父が死んだ場所に。

　父の亡きがらは、谷に入ったこの辺りで見つかったはずだ。まさか、自分も足を踏み入れることになろうとは……。

　谷への立ち入りは昔から禁じられており、訪れる者はほとんどいない。彼も行ってはならぬと言われて育った。

　話に聞く通り、辺りは不気味で、闇の気配に満ちている。ジークフリードは四方に石弓を向け、警戒しつつ先へ進んだ。

　時忘れの谷は城の背後にあり、城と谷のあいだには、"王の壁"と呼ばれる、長い砦が築かれている。これもヴォルフガングの話では、弓張りの国の初代国王が、おぼろの梟に備えるために、崖を切りくずして造ったものらしい。

　ジークフリードは白鳥が時忘れの谷の方へ飛び去ったあのとき、王の壁を抜けると決めた。

　谷へは壁をつらぬく洞窟、"蛇の抜け道"を進むだけだ。

　問題は洞窟の入り口にいる番人だった。

　城の背後を守る砦を、ただ一カ所だけつらぬくその道は、

あつい扉でふさがれ、つねに固く守られている。

　ジークフリードの父が谷で命を落としてからというもの、王妃が番人の数をまして厳重に警戒し、過去にふたするように谷への道を閉ざしていた。

　幸いなことに庭園を出るときヴォルフガングは、酒が回って眠っていた。起きてしまったところで、宴でさんざん踊って腰を痛めていたから、追いつかれて止められる心配もない。

　ジークフリードはやすやすと庭園を離れた。

　だから洞窟の番人たちをどうするか、彼はそれだけを案じていた。しかしこちらも幸いなことに、番人たちが酔いつぶれ、眠りこんでいたのである。

　彼らの足もとには宴にあった酒瓶が転がっていた。おそらく夜狩りに向かったベンノたちが、新たな狩り場を求めて度胸だめしに谷へ出たのだろう。洞窟を抜けるために、酒で番人をみな酔わせたのだ。ジークフリードはそう見当をつけた。

　ベンノが爵位の高い貴公子で、王子の一番の友だということは誰でも知っている。彼からの酒を断れる者はいない。

　これはもう運命の神が進めと言っているにちがいない、そうとさえ思って、ジークフリードは迷わず洞窟に入った。

　（ベンノたちは無事、谷にたどり着いただろうか。あいつはもしかしたら、ぼくとヴォルフガングの会話を聞いていたのかもしれない。それでおそらく、谷での夜狩りを思いついたのだ。いいぞ、これはうまくいく。ベンノたちと合流できたら、ともにあの白鳥を探してもらおう。ああ、だが急がな

ければ。向こうが先にあの白鳥を見つけたら、獲物と思って
きっと矢を向けてしまう。とにかく谷へ急がなければ……）

　ジークフリードは、はやる気持ちをおさえながら、洞窟の
悪路をすすんだ。道は左右にうねり、ここが"蛇の抜け道"と
呼ばれている意味がよくわかった。とうぜん危険が多く、場
所によっては毒霧も噴きだし、油断すれば獣に襲われる。

　だが、恐れなど少しもなかった。あの白鳥を求める気持ち
と、かつて父も感じたであろう冒険の興奮が、ジークフリー
ドに勇気を与えた。

　そうして彼は洞窟を抜け、時忘れの谷へ来たのだった。

「どこだ。白鳥よ、どこにいる！」

　どれだけ探しても、あの白鳥はまだ見つからない。

　やがて大きな湖に近づいたとき、ふと奇妙な気配がしてジ
ークフリードは石弓をかまえた。

　白鳥か、それともまさか……。

　だが、あらわれたのは白い薄衣をまとう美しい乙女だった。
彼女は何かを耐えるかのように目をつむり、息荒く胸を上
下させている。湖のほとりに立ち尽くし、涙を流している。

　輝くように、清らかだった。

　その姿をひと目見て、ジークフリードは一瞬で心奪われた。

　この地へ来た理由も、いっとき何もかも忘れ去った。

　身体の奥底から、炎のような想いが広がっていく。

　この熱に名を与えるなら、愛と呼ぶほかないだろう。

　気がついたときには、言っていた。

「美しい人よ。どうか泣かないで」

湖のほとりで
ジークフリードと
オデットが出会う

——

「どうか泣かないで」

暗闇のなか、声がして、オデットはおどろいた。

このさみしい湖を訪れる人など、いるはずもない。ではあの悪魔か、その手下か。急に恐ろしくなって、身がこわばる。

「怖がらないで。君はなぜ、どうしてここに」

声の主が近づく。石弓を持つ青年がまっすぐにこちらを見ている。たまらずオデットは逃げ出した。しかし青年はあきらめず、石弓を地面に置くと、すがるように彼女を追った。

「お願いだ、怖がらないで」

そう言われても、逃げずにはいられない。

オデットはもう、すべてから逃げ出したかった。

世界の何もかもが恐ろしい。空からこぼれ落ちそうになったこの夜から、悪魔が笑うこの夜から、どうして逃げずにいられよう。呪いのさだめに終わりはない。

今、オデットにあるのは絶望だけだった。心の底にひとかけら、大事な宝石のように隠していた勇気を、今夜のあいだに使い果たしたからだ。絶望ならこれまでも波のように寄せ

てはかえした。それでもこの夜までは、耐えられたのだ。

　悪魔に呪われ、白鳥に変えられた仲間の半数が、人の記憶を完全に失ってしまったとわかったときも、彼女たちが野生の白鳥と群れをなし、冬の渡りで谷を離れてしまうと知ったときも、身を裂かれるようなおもいをしたが、こらえた。

　その群れにまぎれて谷から逃げるようにと、まだ少し人の記憶をもつ湖の仲間たちからそう言われたときも、別れがつらくて泣き明かしたが、それでも決意した。

　勇気をふりしぼり、この夜にかけたのだ。

　谷の風はオデットたちをつねに見張り、逃げだしたらすぐさま悪魔に言いつける。

　だが悪魔は野生となった白鳥には無関心だった。かすかにでも人の心をもっているさまが悪魔を喜ばせる悲劇なのだ。それゆえに、オデットが逃げるには野生の群れにまぎれるしかない、と仲間たち……かつての侍女たちは言ったのだ。

　「オデット姫。私たちもいずれ記憶が消え、野生の白鳥となるでしょう。そうなれば、あなたはこのさみしい湖で、孤独の檻に囚われるのです。だからどうか、お逃げください。谷を離れる群れは雛をもつ鳥を残して、次の満月に飛び立ちます。その月に薄雲がかかれば、必ずや逃げられましょう」

　それなのに、だめだった。

　飛んでいる間に薄雲がちぎれて月光にふれ、人に戻りかけ、オデットは谷へ引き返すしかなかった。湖に降りたときには、完全に人の姿に戻っていた。はばたく翼は、消えてしまった。

　もうこれ以上、立ち向かう勇気はない。

　何もかもから逃げ出したい。この谷から逃れられないなら、いっそこのまま崖から身をなげ、生きることから……。

　だが、とつぜんにあらわれたその青年は、オデットを逃がしてはくれなかった。
　顔をそむけて拒んでも、離れてもはなれても追いかけてくる。そうしてついにはオデットを抱き上げた。まるで悲しみの荒波から、彼女をすくい上げるようにそっと。
「どうか信じて、怖がらないで」
　まっすぐに見つめてくるその瞳は、オデットが知る何よりも透き通っている。
「君を傷つけなどしない。君が恐れるすべてのものから、きっと必ず守ってみせる」
　回された腕は、オデットが知る何よりも温かくやさしい。
「ぼくの名はジークフリード。この地から遠く東にある、弓張りの国の王子。美しい人よ、君はどうしてここに」
　そのふるまいは、身分の高い人のものだった。
　彼は王子であるにもかかわらず、みずから名を名乗ったのだ。不吉な谷の、さみしい湖にいる娘に。
　そう思ったとたん、オデットの唇から声がもれた。
「……私はオデット。西にあった小さな国の王の娘」
　こうなれば、すべてを明かさずにはいられない。
「悪魔に呪われ、ここへ連れ去られて来たんです」
　ジークフリードはおどろきつつも、相手が姫と知り、礼儀正しく膝をついた。オデットは続ける。

「この湖は、嘆きの湖。今も枯れずにそこにあるのは、さらわれた私を想って悲しむ母の、尽きない涙で満たしたからだと、あの悪魔は言っていました」

ジークフリードは思わず聞き返した。

「悪魔とはまさか、おぼろの……」

「ええ、おぼろの梟です。白い花が咲き誇る、私の美しい国を滅ぼした、あの悪魔です。私はその名を、この地にさらわれて来てから知りました。先に連れ去られた仲間から、いったい何が起きたのか、すべてを教わったんです」

ジークフリードは目を見開いた。

ヴォルフガングから聞いた伝説の話と、何も違わない。

「では君の国というのはもしや、あの花栄えの国なのか」

「ええ、そうです。あなたはその名を知っているんですね。それなら不思議に思うでしょう。遠い昔に滅びた国の姫が、なぜこうして、ここにいるのか」

すべてをお話しします。そう言ってオデットは語りはじめた。白く輝く月の明かりに照らされながら……。

「遠い昔、あの悪魔は私の国にとつぜんやって来て襲いかかりました。でも、はじめのうちはいったい何が起きているのか、誰もわからなかったそうです」

ただ、奇妙なことが続いた。

都の人々が急に疑いぶかくなり、お互いにだまし合うようになったという。

ミルクの値から愛の言葉まで、誰も本当のことをいわず、

みな互いをあざむくようになった。都は、混乱した。

「家のなかはいさかいであふれ、広場では争いが絶えませんでした。そうしてついに、いくさが起きてしまったんです」

なぜこのようないくさが生じたのか、はっきりとしたことは誰もわからず、なにもかも魔女のしわざと決めつけられたという。オデットはジークフリードに顔を向け、続けた。

「無実の人がおおぜい魔女狩りにあいました。でも捕えられた者のなかに、いにしえの物語をよく知るおばあさんがいて、みんなに教えてくれたんです」

「これは〝おぼろの梟〟のやり方さ。あの悪魔が来たんだよ」

オデットは当時を思い出したのか、小さくふるえて言った。

「おばあさんの話では、あの悪魔ははるか昔、この谷を守る神だったそうです。でも人間の信心がうすれて、みんなから忘れ去られてしまって、そして……」

それを恨んで悪魔になった。

それからずっと、人間にそのおろかさを思い知らせるため、国々を襲っているのだという。老婆はまた、こうも言った。

〝いにしえの悪魔を討つには、いにしえのまじないのみ。悪魔払いの儀式のほか、手だてはないね〟

それはあまりにむごい儀式だった。

儀式に出た者みなで〝死の賛歌〟を歌い、〝死の乙女〟という

いけにえに選ばれた娘が、みずから命を絶つ。

　それもその死の乙女というのは、身分が高く身の清らかな、年若い娘でなければいけないというのだ。

　「けれど、ほかに悪魔を討つ方法は見つかりませんでした」

　そうして花栄えの国で、悪魔払いの儀式が行われることになった。身分の高い貴族の娘、つまりオデットの侍女をつとめていた者たちからひとり、死の乙女が選ばれたのだ。

　すべてはオデットの知らないうちに行われたという。何もできなかった自分を責めるように、彼女は話し続けた。

　「でも、でもあの悪魔は、儀式を止めようと、前の晩にその侍女を城から連れ去ってしまいました。父はまた別の侍女を死の乙女に選びましたが、その侍女もまたさらわれました」

　その後も儀式が計画されたが、そのたびに死の乙女に選ばれた者は連れ去られ、条件を満たす者はとうとうオデットだけになった。だが結局はそのオデットも、儀式の前日に連れ去られてしまったのだ。

　「国は滅びの道をたどりました。さらわれた私たちは、呪いの力で白鳥の姿に変えられ、死ぬことも老いることも許されず、ただこの湖のほとりでずっと悲しんでいるんです」

　そう言って、オデットはまた涙する。

　「悪魔は自分が喜ぶために、月が出ているあいだ、私だけ白鳥から人の姿へ戻るようにしました。この呪いを完全に解く方法はただひとつ。私に想いを寄せてくれる、いるはずもない人を見つけて、愛を誓いあうほかありません」

ジークフリードに残された一枚の羽根

――

過去のすべてを語り終え、オデットは目を伏せた。
月の光でかすかに輝くその頬に、涙がまたひとすじ流れる。
ジークフリードは彼女の手をとり、はっきりと言った。
「君を愛する者なら、ここにいる」
あまりに急な告白だった。しかしかまわず彼は続けた。
「オデット、君こそぼくの愛だ。明日、我が国で舞踏会がある。そこでどうかぼくを受け入れ、妃になってほしい」
オデットは戸惑うばかりだった。けれどまた、彼は言う。
「いいかい、絶対に悪魔の思い通りになどさせない。愛を誓いあえば、呪いはたちまちとけるだろう。信じておくれ」
そのまなざしは熱く真剣で、オデットは息をのんだ。
信じたい、信じたかった。出逢ったばかりの相手に、なぜそう思えるのかわからない。けれど彼女の全身は、信じたいと声なき声で叫んでいた。この夜、谷を飛び立ったときと同じように、目の前の胸に飛び込んでしまいたかった。
「オデット。あの悪魔はきっと、ぼくの父のかたきでもある。君をめとり王となったら、軍をしたがえ退治しよう」

白鳥の湖

ジークフリードはそう言って、父の死について語った。

話を聞いたオデットは、過去のある日を思い出す。

「今日、谷へ来た人間を殺した」とあの悪魔は笑っていた。確かにジークフリードの言う通り、今までにそうしたことがいく度かあった。オデットにはジークフリードのつらい過去が我がことのように悲しかった。しかしその話に偽りがないことを知って、胸に熱が広がるのも事実だった。

王子を信じたい、でも信じてはいけない。オデットのなかでふたつの想いがせめぎあう。ゆれる心のその奥で、悪魔が出てきて責めるのだ。言われた言葉がこだまする。

（お前は化け物だ。化け物を愛せる者などいるものか）

お願い、やめて。

（谷へ来た人間はみな殺す。お前が逃げたいと願うかぎり）

やめて、やめて！

（オデット、お前がいなければ俺に殺される者などいない。花栄えの国が滅んだのもお前のせいだ。お前が俺にさらわれず、死の乙女の役を果たしていれば、みな生きていただろう）

呪いをかけられたあの日から、言われ続けた言葉だった。

（オデット、なにもかもお前のせいだ。化け物め）

そうだ。私は呪いを受けた身だ。

オデットはだから、ジークフリードに言うしかなかった。

「……昼は白鳥、月夜は人。私のような者を、愛せる人なんていません。あなたであろうと、けして誰も」

44
／
45

　オデットの消えいるような声を聞けば、ここで何が行われてきたのか、ジークフリードには痛いほどわかった。長いあいだずっと、彼女は悪魔にそう言われてきたのだ。ののしりが毒となって、彼女の心をむしばんでいる。

　「オデット。夜空をまっすぐに飛んだ白鳥の君も、今ここにいる君も、同じように美しい」

　ジークフリードはオデットのなかの、消えない悪魔をしめだすように強く言った。

　「その美しさが、今夜ぼくを救ったんだ」

　この戦いに、負けるわけにはいかない。ジークフリードはオデットの心の悪魔を討ち倒そうと、言葉を重ねた。

　「だから今度は、ぼくが君を救う。オデット！」

　しかしどれだけ彼がオデットの心に手を伸ばしても、その愛は悪魔にはばまれ、闇に隠れる。彼女の瞳は暗く沈み、その魂は遠のいていくようだった。

　けれどそのとき、湖の白鳥がいっせいに飛んだ。

　オデットの瞳が空へ向く。

　白鳥の群れが、湖の上をくるくると舞った。

　オデット、心を開いて。

　オデット、負けないで。

　彼女の心に巣くう悪魔を追い払うため、白鳥はみなで空を回った。力なくとも想いのかぎり、両の翼をはばたかせ、ともにすごした姫を想う、侍女の切なる願いをこめて……。

　だがその願いをくじくように、とつぜん風が強く吹いた。

　白鳥がみな次々と、オデットのもとへ降りていく。

風が何か、恐ろしいものを運んできたからだ。
　人影だ。狩人たちがやって来る。遠くから矢を向けている。
オデットは群れの前に出て仲間をかばった。と同時、ジーク
フリードが「いけない！」と叫んで駆け出した。
　狩人はベンノたちだった。ジークフリードは彼らのもとへ
行き、石弓をおろすよう命じた。そしてオデットを振りかえ
り、誰にも君たちを傷つけさせはしない、と眼で語った。
　白鳥の群れは、そのすべてを見ていた。
　群れのなかの四羽が、うれしげにはねる。
「姫さま、なんて素敵な王子でしょう！」
　侍女の時代に仲良しだった四人組だ。
　次は二羽、かつて侍女頭をつとめていた者が言った。
「ええ、立派な王子です」「姫さま、どうかあの方の妃に」
　オデットは戻ってきたジークフリードと手を取りあい、胸
に希望がめばえるのを感じた。彼の名を呼ぶだけで、しびれ
るような喜びに胸が満たされる。これが愛なら、信じたい。
　しかし無情にも時は来る。
　いつのまにか夜はすぎ去り、谷へ陽が差しこんでいた。
「オデット、お前は罪を犯した」
　崖上に影があった。悪魔が、おぼろの梟を見下ろしている。
とたん、オデットの体に残酷な風が巻きついた。あらがって
も、あらがっても、その身は愛する人から遠ざかる。
　風はふたりを裁くように、つないだ手を引きさいた。
　オデットの腕が翼に変わりゆく。悪魔は朝日に輝くその美
しい白鳥を空へ連れ去った。一枚の、白い羽根だけを残して。

ジークフリードの祝賀舞踏会がはじまる

　翌日、ジークフリードの成人を祝う舞踏会が盛大にもよおされた。各国各地の高貴な人々が城につどい、広間はよそおった人々の輝きとざわめきに満ちている。

　しかしどれだけ華やかでも、ジークフリードの心はうつろだった。白い羽根を胸に抱き、連れ去られたオデットを想う。

　となりに座る王妃はそんな王子のようすを不思議がったが、まさか夜のあいだに我が子が愛する人を見つけ出したとは思いもしないだろう。この国のさだめが一晩で大きく変わってしまったことを、誰もまだ知らなかった。

　とうのジークフリードもまた、王子のつとめとしてみずからの成人を祝う場に出席したが、祝福される気分になどなれず、ただオデットの身を案じている。愛する人を悪魔の風にさらわれて、彼女をいかに救い出すか、ジークフリードはた

だそのことだけを考えていた。

　王妃にすべてを打ち明け軍を向けるか、聞き入れてもらえなければ、石弓を手に谷へ乗り込むか。すでに陽は落ちている。オデットは人の姿になり、今ごろ地上に降りているはずだ。ベンノたちと協力して悪魔のすきを狙えば……と頭をひねる。

　そのベンノといえば今、誰よりも舞踏会を楽しんでいた。晴れやかな曲で体を揺らし、みなに笑顔をふりまいている。

　今朝、時忘れの谷から城に戻るとき、ジークフリードは合流した彼にすべてを打ち明けた。悪魔のこと、オデットのこと。ベンノは、はじめのうちこそおどろいていたが、何もかも知ってしまうと、親友に想い人ができたことを喜んでくれた。しかしそれ以上に彼は、伝説の悪魔を退治するという秘密の計画に、すっかり興奮しているのだ。

　反対にジークフリードは、今日のつとめを思うとベンノのようにはなれなかった。妃はすでにオデットと決めている。それなのに別の誰かを選ぶことなどできない。彼は舞踏会をどうやり過ごすかについても、頭を悩ませていた。

　しかし宴は止まらない。やがてファンファーレが鳴り響き、仮面をつけた姫たちが王妃と王子の前に歩み出た。みな顔を隠していてもわかるその美しさ、優雅なふるまい。妃候補に違いないと、広間の目が集まった。

　ため息ばかりついていたジークフリードも、そこで思わず立ち上がる。姫たちに心奪われたからではない。ファンファーレの音にまぎれて、オデットの声が聞こえたからだ。

舞踏会に
あらわれた、
謎の伯爵と令嬢

———

　ジークフリードさま、と愛する人の声が確かに聞こえた。

　ここにいるはずはない、彼はそう思いながらも、仮面の姫たちのなかにオデットを探した。

　もしかしたら、何か奇跡があったのかもしれない。あの悪魔から逃れて、舞踏会へ来てくれたのかもしれない。

　かすかな望みをいだいて挨拶を受ける。姫たちはひとりずつ仮面をはずし、祝いの言葉をのべていった。

　ジークフリードはそのたびにオデットであれと切に願い、姫の顔があらわになると、声はまぼろしだったのかと気落ちした。妃候補の姫が出そろうも、そこにオデットの姿はなかった。こうなればもう、はっきりと言うほかない。

「母上、どうかお許しを。妃を選ぶことはできません」

　言われた母はおどろくも、やさしい声で我が子をとがめた。

「ジークフリード。妃をめとらねば、王にはなれませんよ」

　いっとき、広間が静まった。

　王子が王妃にものを言うのを、みなはじめて目にしたのだ。

　ジークフリードは王妃に背を向け、家庭教師に助けを求め

た。オデットの白い羽根を胸に言う。

「ヴォルフガング。ぼくにはできない、どうしても」

ジークフリードの額には汗がにじんでいた。ヴォルフガングは困った顔でうなずいて、王妃の前に歩み出た。

「王妃さま、恐れながら申し上げます。どうか王子さまが落ち着かれるまで、妃選びを今しばらくお待ちくださいませ」

彼はそう言い、すぐさま広間に宮廷の踊り手を呼び入れた。楽士が曲を変え、舞踏会に元のにぎわいを取り戻す。

だが、どれだけ時を与えられようと、ジークフリードの気持ちは変わらない。踊り手たちがひとしきり舞い、舞踏会のなかばをすぎても、オデットへの想いはつのるばかりだ。

やがてヴォルフガングにうながされ、ジークフリードは王妃から花束を受け取った。誓いの赤い薔薇だ。これを妃と決めた姫に渡し、みなの前で永遠の愛を誓えというのだ。

もう逃れられない。だが、無理だ。オデットではない人とこの先をともに生きるなど、ジークフリードには無理だった。

彼は誰にも薔薇を渡さず王妃に告げた。

「ぼくにはできません。愛を偽ることはできない」

だが彼が言うのと同時、新たな客の訪れを知らせるファンファーレが鳴った。みなが扉に目をやり、侍従が声をあげる。

「フォン・ロットバルト伯爵とオディール嬢！」

知らぬ名だった。尾羽で額を飾った見知らぬ伯爵がそこにいた。しかし続いてあらわれた令嬢は、ジークフリードが心から求めるただひとりの人だった。夜色のあでやかなドレスに身を包んだオデットが、妖しくそこで微笑んでいた。

オディールの誘惑、
ジークフリードの罪

　とつぜんあらわれたロットバルト伯爵は、南の"赤き情熱の国"から来た貴族を従えて、オデットにしか見えない"オディール嬢"と広間のすみに集まり、ひそひそと話しあっている。

　彼らはそろいの黒を身につけており、それが不思議に目を引いた。赤き情熱の国の貴族は黒の仮面に黒の衣、その上着やドレスへ、国の名の通り太陽のような炎の色を差しこむように使っている。彼らが気まぐれに踊るたび、人々はその赤と黒の波にのみ込まれるようだった。

　ロットバルト伯爵は威厳があった。片顔を仮面で隠し、額を黒い尾羽で飾っている。領地をどこにもつのか謎だが、赤き情熱の国の貴族たちは伯爵をなぜか王のごとく崇めていた。

　そして、オディール。いや、オデット。

　その美しさに誰もが注目せずにはいられない。夜のように黒いドレスを、あでやかな赤や銀で星のように飾っている。彼女だけは仮面をつけていなかった。燃えるような瞳をジークフリードに向けて、妖艶に笑みを浮かべている。

　ジークフリードもとうぜん、熱いまなざしを返した。

彼女はどう見てもオデットだった。いつあの悪魔から逃れたのか、なぜオディールと名乗るのか、聞きたいことがたくさんある。だが、言葉が出てこない。

　近くへ行って抱きしめたいと、彼はただそれだけを思った。

　するとその視線に気づいたのか、ロットバルト伯爵が広間の中ほどへと歩き出した。ジークフリードのもとへ来て、意味ありげに何かを差し出す。

　一枚の、白い羽根。オデットの羽根だった。

　伯爵はジークフリードに問われる前から答えた。

「ええ、その通り。あなたの愛する人をお連れしましたよ」

　やはり、オディールはオデットだった。ジークフリードはすぐにでも彼女の手を取って踊りたい、と向こうを見つめた。

　けれども広間に流れる曲はそこで変わり、楽隊は赤き情熱の国から来た貴族のために、彼らの国の激しい音楽を奏ではじめた。彼らが踊るあいだ、ジークフリードは愛する人への想いをつのらせた。待つほどに心がはやり、胸が高鳴る。

　やがて曲は軽やかに転じ、待ちわびた時が来た。

　ジークフリードは想い人の手を取り、ふたりはようやく踊り始める。

「オデット、来てくれたんだね」

「オディールよ。どうか私をそう呼んで」

「オディール、ぼくの愛。君が望むままに」

　そのようすを、ロットバルト伯爵は愛でるようにながめていた。とうぜんだ、彼は悪魔なのだから。

悪魔おぼろの梟は、何より破滅を好む。

今夜くりひろげられる悲劇は、とりわけ極上だった。

彼は赤き情熱の国の貴族たちを魔力で操り、みずからを本物の伯爵だと信じ込ませて、舞踏会に溶け込んだ。すべては王子にオディールを引き合わせるためだ。

オディール。彼女はオデットではない。オデットの羽根と血のひとしずく、それらをもとに造り上げた魔術の結晶だ。

顔と体はオデットでも、悪魔がオディールに与えたのはただひとつ、炎のように燃え上がる本能だけ。

彼はオデットのやさしさを消し、王子を求める愛の情熱だけをオディールに残した。それゆえオディールにとっては微笑むことも愛、苦しめることも愛、悪魔から教えられたすべてが愛だった。その愛が王子に向けられたのだ。

昨夜、時忘れの谷で起きたことは悪魔にとって、たえがたい屈辱だった。狩人たちを深追いするあまり、王子の侵入を許してしまった。しかし手をとりあうオデットとジークフリードを見たそのとき、悪魔はなぜか身がふるえた。激しい怒りに包まれながら、新たな悲劇をひらめいて、かつてないほどの喜びを感じたのだ。あのときの歓喜を思い出し、彼は広間のひときわ大きな窓を見上げながら、つぶやいた。

オデット。王子は、ほかの女に心奪われた。

言っただろう？

お前のような化け物を愛せる者などいるものか。

この俺のほかに。

ふたりの踊りが終わっても、オディールは広間で舞い続けていた。ただひとり王子を見つめ、愛の世界に誘いこむ。

　……ああ、見て、愛しい人、私を見て。ほら、この瞳はあなたを見る、輝いて、燃えて、あなたの心に火がうつる。これは愛、これは憎しみ、甘い苦しみ、罪と罰。なにもかも受け止めて、愛しい人よ、灰になるまで、愛と死を…………。

　オディールは悪魔に教えられたすべての想いをこめて踊った。何も知らぬジークフリードはすっかり心奪われて、踊り終えたオディールの、その美しい手に口づける。
　ふたりの愛は本物だと、舞踏会にいる誰もが認める瞬間だった。王妃はにこやかに誓いの花束を彼女に渡し、ついにジークフリードは宣言する。
　「オディール、君こそぼくの妃だ。ここに愛を誓おう！」
　ロットバルト伯爵が重ねて聞く。
　「王子。それは嘘偽りのない、真実の言葉でしょうね」
　ジークフリードはとうぜん答えた。
　「偽りはない。ぼくはオディールに永遠の愛を誓う！」
　「ならばあの窓を見よ、罪人よ！」
　伯爵が指を差すのと同時、オディールがけたたましく笑い、花束を放り投げた。薔薇の花が血の雨のように舞い散る。
　「まさか。ああ、まさか」
　みずから犯したあやまちを、ようやく知ったがもう遅い。
　大きな窓のガラスには、涙するオデットが映り込んでいた。

オデットの罰、
悪魔の問いかけ

オディール。あの人は、私によく似た知らない誰かをそう呼んで、愛を誓った。

オデットは湖のほとりで泣き伏せた。悪魔の風に雲の上まで連れ去られ、月が出る前にようやく降りてこられたそのときに、彼女の心は砕け散った。月明かりで人の姿に戻り、悪魔が湖面に映した裏切りのすべてをその眼で見てしまった。

ああ、この世界は毒で満ちている、苦しみのほか何もない。

これ以上、生きてなどいたくない!

だがそれでも、眼はまたたき涙を流し、心臓は脈打つのだ。オデットはそれがつらくて、たまらなかった。

悲しみに暮れる彼女を、仲間の白鳥がひどく案じてとりかこむ。野生の雛たちも来て、灰色のやわらかな羽根でオデットをなでる。しかし胸の痛みが消えることはなかった。

朝、オデットは風に羽根をちぎられて血をひとしずくこぼした。今また彼女は血を流している。傷つけられた、心から。

「痛いか、オデット。苦しいか」

　伯爵から悪魔へと姿を戻し、おぼろの梟があらわれた。

「なぜ苦しいか、わかるかオデット」

　白鳥たちが騒ぎだす。悪魔はオデットをつかまえて言った。

「聞け。俺はな、かつてこの谷の神だった。この地にあった森の、聖なる風の精霊だった。それが人間に崇められ、神となったのだ。俺はうれしくて、みなの信心にむくおうと金鉱のありかを教えてやった。やつらを豊かにしたのだ」

　風が吹き荒れ、悪魔は叫ぶように続ける。

「だがな、豊かになるとやつらは信心を失い、俺を忘れた。崇めた神の名を忘れたのだ。俺はつらくて苦しくて、気がつけば悪魔になっていたよ。だからなにもかも呪い、滅ぼした。忘れられる痛みを人間に教え、悪魔の名を残すために」

　彼は心の底から人間を憎んでいた。花栄えの国では、悪魔払いの儀式が行われようとした。死の賛歌を歌い、死の乙女が命を絶つ。人間は、そんなむごい儀式をしてまで悪魔を倒そうとしたのだ。しかしその悪魔を生み出したのは、ほかでもない人間自身。これほどおろかな生き物がいるだろうか。

「オデット、お前もやつらと同じく罪深い。その苦しみは罰だ。わからぬなら問うがいい。あの男に、みずからに」

　雷鳴がとどろく。荒々しい風が一瞬でやみ、悪魔は飛び去った。向こうから誰か駆けてくる。ジークフリードだった。

64
／
65

ジークフリードは
オデットを探し
涙する

——

「オデット。愛する人よ！」

　時忘れの谷へ入ったジークフリードは、すがるようにオデットの名をよび、彼女を探し続けた。

　走るたび、犯したあやまちが刃となって心を切り裂き、絶望が押しよせる。この刃がオデットの心を残酷につらぬいたかと思うと、ジークフリードは気が狂いそうだった。

「オデット。愛する人よ、お願いだ。でてきておくれ！」

　ようやく湖にたどりついたジークフリードは、白鳥の群れに彼女を探した。しかしどこを見てもオデットの姿はない。すでに湖から去ってしまったのかもしれない。そう思うと力が抜けて足がふらつく。それでも必死にオデットを探した。

　一方オデットは、ジークフリードが来たときから、白鳥の雛たちと枯れ木の後ろに隠れていた。息をひそめ、王子が去るまで待つつもりで、じっとしている。けれど今にも倒れそうに自分を探し回るジークフリードを見ていたら、気がついたときには彼の前に歩み出ていた。

「ああ、ああ、オデット！　来てくれたんだね」

名を呼ばれただけで喜びを感じ、オデットは胸をしめつけられた。それを悲しみとともに、あじわうことに。

「すまない。ぼくは、許されないあやまちを犯した」

　ジークフリードはひざまずき、オデットの手をとった。

　ふれた指先から、たがいの熱とふるえが伝わりあう。

　オデットのなかで、またもふたつの想いがせめぎあった。

　信じたい、けれど裏切られた、でも信じたい。彼の胸に飛びこみ、眼に映ったすべてを忘れてしまいたい。でも……。

　オデットははじめて、自分のなかに恐ろしい炎が燃えているのを知った。そしてわかった。悪魔の問いの、その意味が。

　本当はオディールのように、自分も彼の心のすべてを奪って愛を独占したかった。だから、苦しい。愛されることを求めたから。ただ愛していたら、それだけでよかったのに。

　ふと、オデットの手のひらに、何かがこぼれた。

　ジークフリードが泣いている。透き通った涙が、指をつたい来る。その涙が、オデットの炎をやさしく消した。

　愛する人の悲しみは、そのままオデットの悲しみだった。

「泣かないで」

　思わず口にした言葉は、ジークフリードがはじめてくれた言葉だった。オデットは思い出した。あのとき絶望のほとりにいた自分を助けてくれたのは、この人だった。

「オデット、どうか信じて。君への愛こそ、真実なんだ。ぼくの世界には、ほかになにもない」

　オデットはジークフリードに微笑んで、答えた。

「ええ、私の世界にも」

死の賛歌

——

　「オデット。あれだけ言ってもまだわからぬか。まだ人間の愛をえらぶか。ならばもはや、これで終わりだ！」

　オデットが微笑んだとたん、空から大地へ、風が強く吹きつけた。

　梟の翼をはばたかせ、異形の悪魔が降りてくる。

　滅びの時が、すぐそこに迫っていた。

　人間のおろかさをオデットに思い知らせることだけが、長い時を生きるこの悪魔のなぐさめだった。それを失った今、残されたのは身を焼くほどの激しい怒りだけだ。しずめるにはオデットとジークフリード、ふたりの愛を永遠に葬り去るしかない。悪魔は翼をはばたかせ、空を舞った。

　風が竜巻となってジークフリードに襲いかかる。砂が吹き荒れ、目をふさぎ、枯れ枝がつるぎのように肌を切り裂く。

　だがどれだけ傷つこうと、ジークフリードはオデットを守るため、果敢に立ち向かった。この愛を手放すものかと彼女をかばい、風にあらがう。命など、惜しくはなかった。

　「オデット、もうすぐ朝がくる。ぼくが悪魔を引きつけるから、君は白鳥に戻ったら、ここから飛んで逃げるんだ」

　戦いに必死でジークフリードは気づいていない。

すでに月は隠れて夜は去り、彼方から、かすかに陽が差し込んでいた。だがオデットは、人間のままだ。

「朝か。なら君はなぜ……」

ジークフリードは不思議に思って、愛する人を見つめた。

オデットは何も言わずに笑みを返す。

自分が何をすべきか、彼女はすべてをさとっていた。

運命の時が、ようやく訪れたのだ。

悪魔の怒りに果てはない。人々のつむぎあう愛が世界から消えてなくなるまで、この恐ろしい風は止まないだろう。今も強く吹き付けて、オデットを苦しめようとしている。

けれど彼女の心は静かだった。ジークフリードの愛が、大事なことに気づかせてくれたのだ。

悪魔を倒すただひとつの方法を、オデットは知っていた。

それには今、このときしかない。

別れの前に、答える。

「ジークフリードさま。ようやく、呪いがとけたのです。私を見つけてくれたあなたとふたり、愛を誓いあったから」

言って、オデットは駆け出した。

走って走って、湖に向かう。

空を飛ぶ白鳥の仲間は、オデットの心をもうわかっていた。どれだけ悲しくとも、今しかないと知って、鳴いていた。

湖が近づく。夜が明けて、水面に朝日が降りそそぐ。

大地を自ら強くけり、オデットは湖へ身を投げだした。

悪魔を払う儀式の大役を果たすために、死の乙女として、深くふかく水底へ……。

「ああ、オデット」

一瞬のあと、ジークフリードは力なく言った。

その名を呼んでも、答える人はもういない。

風がただ、強く吹き続けている。

この愛を手放さないと決めたのに、オデットはなぜか湖の底へ消えた。絶望に襲われて、胸が張り裂けそうだった。

「君がいない世界を、どうしてひとりで生きられよう」

つぶやいて、ジークフリードは湖へ駆け出した。

そうするしかなかった。オデットを失った絶望から逃れるには、ほかにすべがない。

すぐに湖が見えた。身を投げれば、苦しみは終わる。

だがほとりまで来たそのときに、たくさんの光がジークフリードの瞳に映った。

湖が一面、輝いている。

オデットが飛び込んで水面が波立ち、朝日を美しく照り返していた。絶望を払いのけるようにきらきらと、ずっと。

その輝きを見て、彼はやっとわかった。

愛する人は世界のために、悪魔を倒そうと命を絶ったのだ。

生ける者みなのため、愛のために。

その心の美しさこそ、彼が愛したオデットだった。

涙があふれる。

何も失ってはいない。愛はまだ、ここにある。

「オデット、君ひとりを行かせはしない。ぼくもともに」

ジークフリードはそう言って、勢いよく湖へ飛び込んだ。

苦しみからではなく、ただ愛する人を追いかけて……。

上空では、白鳥たちが谷を揺らすほど強くはばたき、風に
あらがい、鳴き続けていた。

　その声が奇妙にあわさり、人の声に変わりゆく。

　清らかな、乙女たちの歌声に。

「きさまら、まさか。ああ、やめろ。やめろ！」

　オデットが何をしたのか、悪魔はやっと気がついた。

　飛び去ろうとしたが、もう遅い。

　オデットとジークフリード、ふたりの愛が呪いを破った。

　白鳥たちは歌いだす。

　悪魔を払う、死の賛歌を。

　　死　それは許し

　　　ゆけ　不滅の魂

　　たたえよ　清められし

　　罪、咎　生きた証

許しの階段

———

死の乙女が命を絶ち、死の賛歌が谷で響いた。
悪魔払いの儀式は百年の時を経て、ここに完成した。
恐ろしい風は止み、もう谷を吹くことはない。
悪魔は空に溶けるように消えていく。

消えゆくなか、悪魔には最古の記憶がよみがえった。
聖なる風の精霊だったころ、人々はよく、ひとりで森に来て罪を告白し、涙した。
彼はそれをなぐさめたくて、見えぬ体で、聞こえぬ声で、語りかけたのだった。

罪も咎も人が生きた証。
なにもかも許し、清めてあげるから
みずからをたたえなさい。

彼は名もなき自分に名をくれた人間たちが、愛おしくてたまらなかった。そうして、いつしか神になった。

そうだ。おぼろの梟は、我が名ではない。
我が名は、許しの神。

自分でさえとうに忘れた本当の名を、ようやく思い出す。
とたん、消えゆく体が光りだした。
彼ははじめて、みずからを許したのだ。
体が消え去り、ただ光だけが残る。
許しの神は輝く聖なる風にもどって、一面に広がった。
輝きが、谷を静かに満たしていく。
荒れ地の闇が、清められていく。
白鳥たちが空ではばたくたび、やさしく、ゆるやかに。

やがて、輝きのなかから階段があらわれた。
階段はどこまでも高くのび、天に続いている。
ふたつの魂を、永遠の世界へと導くために。

「ジークフリード、私たちはどこへ行くの？」
「オデット、なんの恐れもないところだよ」
「美しいかしら。あの崖の上の野原みたいに」
「うん、きっと。君のふるさとのように」
「うれしい。みんなは白い花咲く私の国を、こう歌うの」

幸いあれ、幸いあれ、幸いあれ……。

熊川哲也インタビュー

『白鳥の湖』小説化によせて

Interview with
Tetsuya Kumakawa

文・構成＝山本美香

音楽の美しさゆえに、ダンサーの 力量が試される至高の名作

『白鳥の湖』は ダンサーを導き成長させてくれる 永遠の教科書的存在

『白鳥の湖』は世界で最も有名な バレエ作品のひとつであり、現代に 受け継がれるバレエ芸術の魅力の すべてをふくむ、特別な作品です。 プティパとイワーノフの振り付けが 素晴らしいのはもちろん、作曲家チ ャイコフスキーの音楽はバレエ音楽 として進化を極めた美しい作品です。

私は振付・演出家として『白鳥の 湖』に向き合うたびに、この名作に 命を吹きこんできた先人たちを敬い、 バレエへの愛を深めてきました。

チャイコフスキーの音楽が幻想的 な情景を描き出し、ダンサーの美し い舞踊によってストーリーに深い精 神性が描かれ、見る者に大きな感動 を呼び覚ましてくれる名作なのです。

『白鳥の湖』はバレエダンサーに とって「永遠の教科書」であり、「バ レエ芸術の母」と言えるでしょう。

一流のプロといっしょに Kバレエ版『白鳥の湖』を つくり上げた

私がKバレエカンパニー版『白鳥 の湖』を手がけたのは2003年の春 です。古典芸術として尊敬の念を抱

きながらも、プロデュースする以上 は私の世界観を反映したいと考えま した。2幕はその旋律の神々しさゆ えに手を入れていませんが、3幕の 祝賀舞踏会の場面にはアレンジをほ どこしました。招待客のお披露目の 場面は、通常スペインの踊りから始 まりますが、Kバレエ版ではスペイ ンの人びとをロットバルトの手下と して登場させ、音楽も変更しました。

また、美術や衣裳、照明など一 流のプロたちの手を借りてつくり上 げた作品でもあります。特に、ヨラ ンダ・ソナベンドは天才的な才能を 発揮して、前衛的で素晴らしい美術 と衣裳をしあげてくれたと思います。

バレエダンサーは 音符一つひとつに台詞をつけ 心で語らなければならない

私は、バレエを踊るうえで、役を 理解することがとても大切だと思っ ています。ダンサーは実際に舞台で 台詞を発することはありません。し かし、心の内で台詞を思い描き、そ れを表現することが必要です。激し い動きの踊りでも、感情が動きに乗 っていなければ、それは単なる抽 象的な舞踊になってしまいます。

ダンサーは、音楽が表現している ことを自然と読み取り、その心情を

まなざしやほほえみなどで伝えなくてはなりません。そのためには、まず音符の一つひとつが台詞になるくらい、音楽をよく聴くことです。楽しい雰囲気（ふんいき）の音楽でも、威厳（いげん）が漂う（ただよ）フレーズでも、音楽がすべての台詞であり、答えなのです。テクニックは重要ですが、技術と感情が溶け合ってはじめて、人を感動させる、美しい舞踊表現ができるのです。

音楽と調和し、さらに輝かせる（かがや）ことができるダンサーだけが、チャイコフスキーに選ばれる

「白鳥」オデットは超難役（ちょう）だとされています。「黒鳥」オディールが高い技術を必要とするのに対し、オデットは白鳥として踊りながら、人間としての心情の変化も表現しなけ

ればなりません。このように、オデットはたしかに難役なのですが、私は、その難しさはテクニックや心情の表現とは少しちがうところにあるのではないかとも感じていました。

『白鳥の湖』の素晴らしさはチャイコフスキーの音楽そのものであり、オデット役は音楽の美しさゆえに難しい。つまり「チャイコフスキーに選ばれたダンサーでなければオデットは踊れない」のです。チャイコフスキーの崇高（すうこう）な音楽に融合（ゆうごう）し、さらに音楽を輝かせることができるかどうか。ダンサーが偉大（いだい）な作曲家と対等に向き合うことができるスターでなければ、決してチャイコフスキーには選ばれない。これが、この役の真の難しさなのだと今では考えています。

Interview with
Tetsuya Kumakawa

©鷲崎浩太朗

白鳥と黒鳥を
ひとりのダンサーが踊り分ける。
その伝統には深い意味がある

　『白鳥の湖』では、白鳥のオデットと黒鳥のオディールの二役を、ひとりのダンサーが踊ることが一般的です。ところがKバレエの初演では、白鳥と黒鳥を別のダンサーが踊りました。オデットとオディールはまるでちがう人格だからです。

　ただ、性格が真逆の二役を、ひとりのダンサーが踊り分ける演出が、魅力的なことも明らかでした。別々のダンサーが演じると善悪の対決になりますが、ひとりのダンサーが踊ることで、女性のもつ純粋無垢さと妖艶さの両面を表現することができるからです。

　古い文献を調べていくうちに、私は、伝統をほこる歴史的作品には、深い意味があるのだと気付きました。ひとりが二役を演じることは、バレリーナにとっての醍醐味であり、それができるからこそプリンシパルなのです。このような気づきもあって、Kバレエでは4度目の公演からひとり二役の演出としています。

美しい悲劇ゆえに、
救いを求めたラストシーン

　『白鳥の湖』にはいくつもの解釈があります。特にラストの場面は、過去にもさまざまな演出で上演されてきました。
　Kバレエ版では、オデットは悪魔の怒りをしずめるために、自らの命を犠牲にして湖に身を投げます。絶

©瀬戸秀美

望した王子はオデットのあとを追って湖に飛びこみ、死んでしまいます。オデットは人間の姿となって王子と抱擁し、ふたりは手を取り合って光の中を天に昇っていきます。

　私は、オデットが白鳥のまま天に召されてしまうのはかわいそうだと思い、死の試練を乗りこえたふたりが黄泉の国で永遠に結ばれ、愛を成就させるという設定にしました。悲しい結末ですが、オデットと王子が幸せになってよかったと思える、救いのある終わり方にしたかったのです。視覚的にも、美しいバレエの世界観でしめくくったつもりです。

悪魔でありながら人間くささが垣間見えるロットバルトの魅力

　悪魔ロットバルトは物語をドラマティックに展開するうえで欠かすことのできない存在であり、強烈な個性の持ち主です。主役の王子よりもロットバルトを演じたいというダンサーが多くいるほど、魅力的なキャラクターだと言えるでしょう。

　Kバレエでは、ロットバルトの邪悪さが斬新なデザインの衣裳に表現されていますが、彼の本当の心はオデットにあったと私は推測しています。だからオデットにだけ特別な呪いをかけたのです。黒鳥を連れて舞踏会に現れたのも、王子とオデットの密会を目にして嫉妬にかられたからです。さらに王子に黒鳥への愛を

誓わせ、不貞な男という印象を植えつけようとしました。悪魔ならではの愛の示し方なのかもしれません。

物語を理解すること、キャラクターの心情を想像すること。すべてが踊りに影響する

　私の少年時代は、テクニックが重視される傾向がありました。高いジャンプや速いピルエットができるように、日夜練習にはげんだものです。当時は、ダンサーよりも、アスリートとしての要素が強かったかもしれません。

　あるとき、私は出番を待ちながら、『白鳥の湖』の2幕を舞台のそでから見ていました。コーダで盛り上がるところで目にした先輩バレリーナの踊りは、まるで絵画のようでした。今でも、音楽と一体となったあのときの感動的なシーンがありありと目の前に浮かびます。私自身、先輩方のすばらしい踊りや表現を脳裏に焼き付けながら、成長してきたのだと感じます。

　美しいバレエは、ダンサーの技術と感情表現が融合してはじめて誕生します。バレエの物語を理解し、登場人物の気持ちになって考える。そんな想像力や考察力を身につけることが、ダンサーとして人として成長するために大きく役立ち、財産となります。未来のプリンシパルを目指す、若きダンサーたちにこそ、この本を読んでほしいと思います。

白鳥の湖　Swan Lake

Ballet Stories, produced by Tetsuya Kumakawa

2021年3月24日　初版発行

芸術監修 ⋯⋯⋯ 熊川哲也

文 ⋯⋯⋯⋯⋯⋯ 藤田千賀

絵 ⋯⋯⋯⋯⋯⋯ 粟津泰成

発行者 ⋯⋯⋯⋯ 常松心平

発行所 ⋯⋯⋯⋯ 303BOOKS

　　　　　　〒162-0842　東京都新宿区市谷砂土原町2-7-19
　　　　　　電話 050-5373-6574

デザイン ⋯⋯ 細山田光宣、藤井保奈（細山田デザイン事務所）

企画 ⋯⋯⋯⋯⋯ 小林正人

編集 ⋯⋯⋯⋯⋯ 中根会美

校正 ⋯⋯⋯⋯⋯ 安部優薫

印刷所 ⋯⋯⋯⋯ 共同印刷

ISBN978-4-909926-07-4　C0073
NDC769　88p

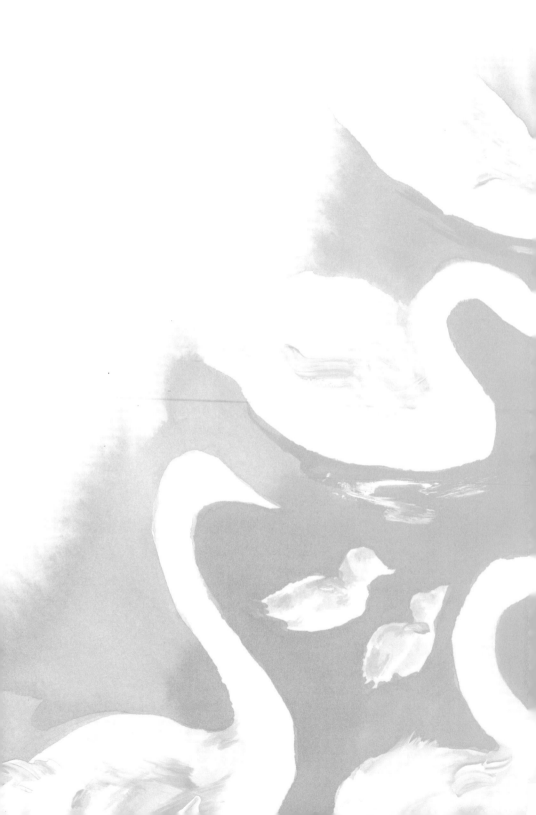